CATALOGUE

DE

TABLEAUX ANCIENS

DES

Écoles Hollandaise, Italienne et Française

DEUX TRÈS-BELLES TÊTES DE GREUZE

PASTELS DE LATOUR

Aquarelles, Miniatures, Tapisseries, Statues

DONT LA VENTE AURA LIEU

HOTEL DES COMMISSAIRES-PRISEURS

Rue Drouot, n° 5

SALLE N° 1

Le Lundi 4 Mai 1863, à deux heures.

Par le ministère de Me **CHARLES PILLET**, Commissaire-Priseur,
rue de Choiseul, 11,
Assisté de **M. FERDINAND LANEUVILLE**, Expert,
rue Neuve-des-Mathurins, 73,
Chez lesquels se distribue le présent Catalogue.

EXPOSITION PUBLIQUE

Le Dimanche 3 Mai 1863, de une heure à 5 heures.

PARIS

RENOU & MAULDE

IMPRIMEURS DE LA COMPAGNIE DES COMMISSAIRES-PRISEURS

rue de Rivoli, 144.

1863

CATALOGUE

DE

TABLEAUX ANCIENS

DES

Écoles Hollandaise, Italienne et Française

DEUX TRÈS-BELLES TÊTES DE GREUZE

PASTELS DE LATOUR

Aquarelles, Miniatures, Tapisseries, Statues

DONT LA VENTE AURA LIEU

HOTEL DES COMMISSAIRES-PRISEURS

Rue Drouot, n° 5

SALLE N° 1

Le Lundi 4 Mai 1863, à deux heures.

Par le ministère de **Me CHARLES PILLET**, Commissaire-Priseur,
rue de Choiseul, 11,
Assisté de **M. FERDINAND LANEUVILLE**, Expert,
rue Neuve-des-Mathurins, 73,
Chez lesquels se distribue le présent Catalogue.

EXPOSITION PUBLIQUE

Le Dimanche 3 Mai 1863, de une heure à 5 heures.

PARIS

RENOU & MAULDE

IMPRIMEURS DE LA COMPAGNIE DES COMMISSAIRES-PRISEURS
rue de Rivoli, 144.

—

1863

CONDITIONS DE LA VENTE

Elle sera faite au comptant.

Les Adjudicataires paieront CINQ pour CENT en sus des adjudications, applicables aux frais.

DÉSIGNATION

DES

TABLEAUX

ALBANE

1 — Sainte Famille.

Cuivre.

ANDRÉ DE SALERNE

2 — L'Adoration de la Vierge.

Ce tableau, sur son panneau primitif et d'une précieuse conservation, est un excellent morceau de ce maître, l'un des meilleurs élèves de Raphaël.

BALEN (Van)

3 — Les cinq Sens.

BASSAN

4 — L'Ensevelissement du Christ.

Cuivre.

BREUGHEL, dit DE VELOURS

5 — La fuite en Égypte.

Charmant petit tableau d'une exquise finesse.

CHARDIN (Signé)

6 — Jeune garçon faisant des bulles de savon.

CHARDIN

7 — La jeune Cuisinière.

COYPEL (Ant.)

8 — Portraits de famille.

> Une jeune mère tient un petit enfant sur ses genoux, son mari est assis près d'elle et une jeune fille apporte des fleurs.

DEBARRE

9 — La Visite au camp.

DELORME et J. STEEN

10 — Intérieur d'un temple protestant.

> Ce tableau est enrichi d'un grand nombre de très-jolies figures peintes par Jean Steen.
> Collection du cardinal Fesch.

DEMARNE

11 — Halte d'une diligence devant une ferme.

> Pendant que le postillon donne l'avoine à ses chevaux, les voyageurs se hâtent de descendre de la voiture; à droite, un paysan conduit aux champs un troupeau de vaches et de moutons, et à gauche, une femme abreuve ses vaches dans une mare; plus loin, des cavaliers sont arrêtés devant une auberge.

DU MÊME

12 — La Partie de cartes.

DU MÊME

13 — Le Départ du guerrier.

DU MÊME

14 — Vue prise dans la forêt de Fontainebleau.

>Des cerfs et des biches sont dispersés çà et là.
>Collection Cypierre.

DROUAIS

15 — Portrait de Mme de Graffigny.

>Assise devant sa toilette et tenant un livre à la main, elle est vêtue d'une robe de soie rose; le corsage, entr'ouvert, est orné de dentelles et de nœuds de rubans, un peignoir est négligemment jeté sur ses épaules, ses cheveux sont poudrés.

FAES (Van), signé

16 — Beau bouquet de fleurs dans un vase en marbre sculpté.

FRAGONARD

17 — La petite Fermière.

DU MÊME

18 — Portrait de la princesse de Lamballe.

>Elle est debout, vêtue de blanc, ses beaux cheveux blonds bouclés à la mode du temps, et tient un éventail.
>Ce portrait était autrefois à Trianon.

FYT (F.), signé

19 — Oiseaux divers, posés à terre près d'une
cage.

GÉRARD (Mlle), signé

20 —

Une jeune femme vêtue de blanc lit une lettre qu'un
page vient de lui remettre, une vieille servante est près
d'elle, une corbeille de fleurs est posée sur une table,
et à terre, des perdrix et un lièvre.

GREUZE (B.)

21 — Jeune Garçon vêtu de blanc, une rose à la
main.

Il est représenté légèrement appuyé sur une table
couverte d'un tapis bleu sur laquelle un de ses bras
est étendu; sa jolie tête, de la plus belle palette du
maître, sem. implorer la permission de garder la
rose qu'il a prise; son vêtement blanc, brossé hardiment,
s'harmonie avec la fraîcheur des chairs; une ravis-
sante main du plus beau faire de Greuze, une rose
d'un ton très-fin et parfaitement rendue, complètent
ce petit chef-d'œuvre, que nous n'hésitons pas à pla-
cer au rang des plus belles productions de cet aimable
et grand maître, dont nous nous enorgueillissons à si
juste titre.

DU MÊME

22 — Tête de jeune fille, pendant du précédent.

Nous croyons que c'est une des premières pensées
de la prière du matin; le mouvement des bras semble
indiquer que les mains sont jointes; l'expression douce
et inspirée de la figure et ses yeux levés vers le ciel,
prouvent que la pensée de cette charmante enfant

s'élève au-dessus d'elle; ses épaules nues, sur lesquelles tombent ses cheveux en désordre sont d'un ton très-vrai, et la manche d'une chemise lestement touchée, lui font une habile opposition.

Qu'on nous permette d'insister sur une condition devenue bien rare, nous voulons dire l'authenticité incontestable de ces deux ravissantes têtes.

GUIDE

23 — Amour endormi.

HONTHORT (dit Gérard della Note)

24 — Bacchanale.

LANCRET et OUDRY

25 — Un paravent composé de sept feuilles, dont quatre représentent des scènes pastorales et trois des sujets tirés des fables de La Fontaine.

LEDOUX (Mlle)

26 — La Petite fille à la pomme.

MANTEGNA

27 — L'adoration des Bergers.

Peinture d'une couleur vigoureuse, d'un beau senti-ment et d'un grand caractère.

MARIESCHI

27 bis. — Vue du Grand Canal.

DU MÊME

28 — Vue de la Douane.

MIGNARD

28 bis. — Mme de La Vallière nonchalamment cou-
chée sur un lit de repos.

> De la main gauche, elle retient un peignoir garni de
> dentelles que recouvre en partie un manteau bleu brodé
> d'or, sa poitrine et ses bras nus sont ornés de perles,
> un amour lui montre le château de Versailles qu'on
> aperçoit dans les arbres.

MIGNARD (Attribué à)

29 — Portrait d'une jeune princesse.

> Elle porte un costume de cour richement brodé d'or
> et garni de dentelles, des perles ornent son cou et
> ses beaux cheveux blonds bouclés et son col.

MOUCHERON

30 — Paysage, site d'Italie.
> Scène de brigands.

DU MÊME

31 — Paysage baigné par une rivière.
> Pendant du précédent.

NESTCHER (C.)

32 — Une jeune femme faisant de la musique,
s'interrompt pour recevoir une lettre que
lui apporte une vieille femme.

OLIVIÉR

33 — Le Déjeuner champêtre.

DU MÊME

34 — La Promenade dans le parc.

Pendant du précédent.

PALIZZI (Signé)

35 — Vue prise en Italie.

DU MÊME

36 — Pâtre gardant un troupeau de vaches dans une forêt.

DU MÊME

37 — Site d'Italie.

DU MÊME

38 — Même sujet, pendant du précédent.

PATER

39 —

Dans un joli paysage découvert, dont l'horizon s'étend au loin, près d'une fontaine sculptée surmontée d'un vase, une jeune et charmante femme coquettement coiffée se baigne les pieds dans une nappe d'eau alimentée par la fontaine ; ses mules et une partie de ses vêtements sont déposés sur le gazon. Près d'elle, assis à terre et vu de dos, un jeune seigneur a passé un bras autour d'une jolie fille, qu'il cherche à faire asseoir à ses côtés.

Cette gracieuse composition est très-finement touchée et d'une charmante couleur.

PATER (Attribué à)

40 — La Partie de campagne.

PESARÈSE

41 — La Sainte Vierge montrant à lire à l'Enfant Jésus.

PIERRE, signé, daté 1745

42 — Jupiter et Io.

Magnifique production de ce maître, qui fut nommé peintre du roi à la mort de Boucher, qu'il égala souvent.

Ce tableau fut acheté par le roi Louis XV au salon de 1745, et orna un des appartements de Marly.

POL (Van)

43 — Fleurs diverses dans une corbeille, près d'un vase sur lequel est perché un oiseau.

DU MÊME

44 — Pendant du précédent.

POL (Van), signé

45 — Fleurs dans un vase de marbre.

DU MÊME

46 — Fleurs dans un vase de cristal.

REMBRANDT (Attribué à)

47 — Paysage baigné par une rivière.

> Sur le premier plan, un homme pêche à la ligne, des groupes de paysans sont diversement dispersés.

ROBERT (Hubert):

48 — Vue du Colysée et de la colonne Trajane.

DU MÊME

49 — Vue d'un temple.

> De jolies figures ornent ces deux panneaux.

ROMANELLI

50 — Triomphe d'Amphitrite.

DU MÊME

51 — Triomphe de Neptune.

SCHALL

52 — La Toilette de Vénus.

SWAGERS, signé.

53 — Vue prise en Hollande.

> Plusieurs barques naviguent sur un canal ; au premier plan, des vaches au repos.

DU MÊME

54 — Pendant du précédent.

SWANEVELD (dit Herman d'Italie)

55 — Paysage baigné par une rivière.

> A gauche, près d'un bâtiment en ruines, plusieurs personnages passent sur un chemin ombragé par de grands arbres, vers lequel se dirigent un pâtre et son troupeau.

DU MÊME

56 — Lisière d'une forêt.

> Sur une route, plusieurs voyageurs; un seigneur et une dame à cheval suivis d'un valet et de quelques chiens.

SWEBACK père

57 — Un Jockey conduisant un cheval s'est arrêté et demande son chemin à un paysan.

TRÉMOLLIÈRE (P.-C.), 1737

58 — Vénus dérobant les flèches de l'Amour.

VAN DYCK (Philippe)

59 — Portrait d'une jeune femme poudrée.

> Elle est représentée assise, vêtue d'une robe de chambre de velours bleu doublée de satin blanc, et retenue sur sa poitrine par une agrafe de pierreries; les manches, retroussées, laissent voir ses beaux bras nus; son coude s'appuie sur une table couverte d'un tapis

de Turquie et supportant un miroir; elle tient un collier de perles qui retombe sur ses genoux.

Un rideau entr'ouvert laisse voir la statue de la Vérité.

VERBOECKHOVEN (E.), 1838, signé

60 — Vaches au pâturage.

DU MÊME

61 — Pâtres conduisant des troupeaux.

VÉRONÈSE (Paul)

62 — Jésus au banquet des Pharisiens.

Dans ce tableau très-important se trouvent réunies toutes les éminentes qualités du maître : composition grandiose, richesse de coloris et touche aussi spirituelle que savante. Cabinet Lablache.

M. Lablache a acquis ce chef-d'œuvre à un très-haut prix en Angleterre ; il faisait partie de la belle collection Wilmore. Magnifique cadre en bois sculpté.

WATTEAU

63 — Portrait de la duchesse de Bourgogne.

Elle est vêtue d'une robe de velours vert, les manches sont tailladées à l'espagnol, et le corsage est garni de guipure. Un manteau de soie rose est légèrement jeté sur ses épaules.

Ses cheveux poudrés sont retenus par un ruban vert.

DU MÊME

64 — La Promenade dans le parc.

Gravé.

WATTEAU (D'après)

65 — La Balançoire.

DU MÈME

66 — Le Jeu de bascule.

WOUWERMANS et RUYSDAEL, signé

67 — Forêt marécageuse.

> Sur un chemin à gauche se reposent deux chasseurs accompagnés de leurs chiens.

ÉCOLE ALLEMANDE

68 — Laboratoire de chimie.

> Le docteur est assis à son bureau devant un livre ouvert ; un paysan est debout près de lui, attendant une ordonnance sans doute.

ÉCOLE ANGLAISE

69 — Perdrix et ses petits.

ÉCOLE FRANÇAISE

70 — Jeune fille tissant une guirlande avec des fleurs que lui apporte l'Amour.

PASTELS DE LATOUR

71 — Portrait de Latour en costume de cour.

72 —   Id.   en habit de ville.

73 — Portrait de Latour en habit de ville.

74 —   Id.   de Mercier, auteur du Tableau de Paris.

75 — Portrait de Cupis, violoniste.

76 —   Id.   du cardinal de Tencin.

77 —   Id.   de Mme de Pompadour.

78 —   Id.   de Ch. de Latour, commissaire des vivres de l'armée.

79 — Portrait de Dachery aîné.

80 —   Id.   de Latour, père du peintre.

81 —   Id.   de Deschamp, chanoine de Laon.

82 —   Id.   de Mme d'Orizon.

83 —   Id.   du père Emmanuel.

84 —   Id.   d'homme.

85 —   Id.   de femme.

86 —   Id.   id.

87 —   Id.   de Sylvestre, peintre du roi.

88 —   Id.   de Mme de Latour, mère.

89 —   Id.   de Mlle Clairon, de la Comédie-Française.

90 — Portrait de Latour, capitaine, peinture.

91 — Un cheval, aquarelle.

MINIATURES

92 — Portrait de Latour.
Encre de Chine.

93 — Id.   id.
Dessus de tabatière.

94 — Id.   d'homme.

95 — Id.   de femme.

96 — Id.   de Latour.
Médaille d'argent.

BLAREMBERG, signé, daté 1754

97 — La Danse.

98 — Un berger et une bergère avec leur troupeau.

99 — Le Jeu du dragon.

100 — Un enfant jouant avec des lapins.

101 — La Petite fermière.
Ces peintures ont formé une tabatière.

BOUCHER

102 — Le Petit berger.

103 — Une petite fille tressant une guirlande.

104 — Les Pèlerins.

105 — La Batteuse de beurre.

106 — La Pêche à la ligne.

Ces six charmantes peintures formaient autrefois une tabatière.

AQUARELLES

BELLANGÉ

107 — Un vieux soldat, aquarelle.

LAMY (Eugène)

108 — Écossais.

Aquarelle.

POL (Van), signé

109 — Deux bouquets de fleurs.

Fixés.
Cadres anciens en bronze doré.

RAFFET

110 — Le colonel Weiss.

Aquarelle.

INCONNU

111 — Tobie et l'Ange, effet de nuit.

Sur pierre de touche.

———

TAPISSERIE

112 — Paul Ier, empereur de Russie.

Donné par l'empereur Alexandre au prince Pignatelli, ambassadeur de Naples à Pétersbourg.

———

113 — Deux Bacchantes. Statues demi-nature, marbre.

RENOU et MAULDE, Imprimeurs de la Compagnie des Commissaires-Priseurs, rue de Rivoli, 144.